Quem matou meu pai

Édouard Louis

Quem matou meu pai

tradução
Marília Scalzo

todavia

Para Xavier Dolan

Se este texto fosse um texto teatral, deveria começar com estas palavras: Um pai e um filho estão a alguns metros um do outro num grande espaço, vasto e vazio. Esse espaço poderia ser um campo de trigo, uma fábrica desativada e deserta, a quadra emborrachada de uma escola. Talvez esteja nevando. Talvez a neve cubra os dois pouco a pouco até que desapareçam. Pai e filho quase nunca se olham. Só o filho fala, as primeiras frases que diz são lidas numa folha de papel ou numa tela, ele tenta se dirigir ao pai, mas, não se sabe por quê, é como se o pai não pudesse ouvi-lo. Estão perto um do outro, mas não se veem. Às vezes suas peles se encostam, entram em contato, mas mesmo assim, mesmo nesses momentos, eles continuam distantes um do outro. O fato de apenas o filho falar, e somente ele, é algo violento para os dois: o pai está privado da possibilidade de contar sua própria vida e o filho queria uma resposta que jamais obterá.

I

Quando lhe perguntam que significado a palavra "racismo" tem para ela, a intelectual americana Ruth Gilmore responde que racismo é a exposição de algumas populações a uma morte prematura.

Essa definição funciona também para o machismo, a homofobia ou a transfobia, a dominação de classe e para todos os fenômenos de opressão social e política. Se considerarmos a política como o governo de seres vivos por outros seres vivos e a existência de indivíduos dentro de uma comunidade que não escolheram, então política é a distinção entre populações com a vida sustentada, encorajada, protegida, e populações expostas à morte, à perseguição, ao assassinato.

No mês passado, fui vê-lo na cidadezinha do Norte em que você vive agora. Uma cidade feia e cinzenta. O mar fica a apenas alguns quilômetros, mas você nunca vai até ele. Fazia vários meses que eu não via você — foi há muito tempo. Quando abriu a porta, não o reconheci.

Olhei para você, tentei ler em seu rosto os anos que passamos longe.

Mais tarde, a mulher com quem você vive me explicou que você quase não consegue mais andar. Ela também disse que você precisava de um aparelho para respirar à noite, senão seu coração parava, não podia mais bater sem assistência, sem a ajuda de uma máquina ele não queria mais bater. Quando você se levantou para ir ao banheiro, e depois quando voltou, eu notei, os dez metros que percorreu o deixaram ofegante, você precisou se sentar para recuperar o fôlego. Você se desculpou. É uma novidade isso, você pedir desculpas, preciso me acostumar. Você me explicou que tinha um tipo grave de diabetes, além de colesterol alto, que podia sofrer uma parada cardíaca a qualquer momento. Enquanto me contava tudo isso, você perdia o fôlego, seu peito se esvaziava de oxigênio, como se fugisse, até mesmo falar era um esforço muito intenso, grande demais. Eu via você lutando com seu corpo, mas tentava fingir que não estava percebendo nada. Na semana anterior, você tinha sido operado para corrigir o que os médicos chamam de eventração — eu não conhecia a palavra. Seu corpo ficou pesado demais para se sustentar, sua barriga se distende até o chão, se distende demais, muito, tanto que se dilacera por dentro, se desprende do próprio peso, da própria massa.

Você não pode mais dirigir sem se colocar em perigo, não tem mais permissão para beber, não pode mais tomar banho ou ir trabalhar sem correr riscos imensos. Você tem pouco mais de cinquenta anos. Você pertence àquela categoria de seres humanos para quem a política reserva uma morte precoce.

Durante toda a minha infância ansiei por sua ausência. Voltava da escola no fim da tarde, lá pelas cinco horas. Quando me aproximava de casa, sabia que se o seu carro não estivesse estacionado na porta queria dizer que você tinha ido ao bar ou à casa do seu irmão e que voltaria tarde, talvez no início da madrugada. Se eu não via seu carro na calçada na frente de casa, sabia que iríamos comer sem você, que minha mãe acabaria dando de ombros e nos servindo o jantar e que eu só o veria no dia seguinte. Todos os dias, quando eu me aproximava da nossa rua, pensava no seu carro e implorava em silêncio: faça com que ele não esteja lá, faça com que ele não esteja lá, faça com que ele não esteja lá.

Só o conheci por acaso. Ou pelos outros. Não faz muito tempo, perguntei para minha mãe como ela tinha conhecido você e por que havia se apaixonado. Ela respondeu: O perfume. Ele usava perfume, e naquela época, sabe, não era como hoje. Os homens nunca passavam perfume, não se usava. Mas seu pai, sim. Ele, sim. Ele era diferente. Era tão cheiroso.

Ela continuou *Era ele que me queria. Eu tinha acabado de me divorciar do meu primeiro marido, tinha conseguido me livrar dele e estava bem mais feliz assim, sem homem. As mulheres são sempre mais felizes sem homem. Mas ele insistiu. Toda vez chegava com chocolates ou flores. Então acabei cedendo. Eu cedi.*

2002 — nesse dia, minha mãe me pegou dançando, sozinho, no meu quarto. Eu tinha tentado me movimentar no maior silêncio possível, não fazer barulho, não respirar muito alto, a música também não estava alta, mas ela ouviu alguma coisa do outro lado da parede e foi ver o que estava acontecendo. Eu me assustei, sem fôlego, o coração na boca, os pulmões na boca, me virei para ela e esperei — *coração na boca, pulmões na boca*. Esperava uma bronca ou uma gozação, mas ela disse sorrindo que quando eu dançava era quando mais me parecia com você. Perguntei: "O papai já dançou?" — o fato de que seu corpo já tivesse feito algo tão livre, tão bonito e tão incompatível com sua obsessão pela masculinidade me fez entender que talvez um dia você tivesse sido outra pessoa. Minha mãe fez que sim com a cabeça: "Seu pai dançava o tempo todo! Por onde fosse. Quando dançava, todo mundo olhava para ele. Eu ficava orgulhosa de ele ser o meu homem!". Atravessei a casa correndo e fui vê-lo no quintal, onde você cortava lenha para o inverno. Queria saber se era verdade. Queria uma prova. Repeti o que ela tinha acabado de me contar e você baixou os olhos, dizendo bem lentamente: "Não é para acreditar em todas as bobagens que sua mãe fala". Mas você corou. Eu sabia que você estava mentindo.

*

Numa noite em que fiquei sozinho porque vocês foram comer na casa de uns amigos e eu não quis ir junto — lembro do fogão a lenha que espalhava por toda casa seu cheiro de cinzas e sua luz suavemente alaranjada —, encontrei, em um velho álbum de família roído pelas traças e pela umidade, fotos em que você aparecia fantasiado de mulher, de baliza. Desde que nasci vi você desprezar todos os sinais de feminilidade em um homem, ouvi você dizer que um homem não deveria *nunca se comportar como uma mulher*, nunca. Você parecia ter cerca de trinta anos nas fotos, acho que eu já tinha nascido. Fiquei olhando até o fim da noite essas imagens do seu corpo, do seu corpo vestido com saia, da peruca em sua cabeça, do batom em seus lábios, dos peitos falsos que você deve ter feito com algodão e um sutiã sob a camiseta. O mais incrível para mim é que você parecia feliz. Você sorria. Roubei a foto e tentei decifrá-la depois, várias vezes durante a semana, tirando-a da gaveta em que a escondera. Eu não disse nada para você.

Um dia, escrevi a seu respeito num caderno: *escrever a história da vida dele é escrever a história da minha ausência.*

Numa outra vez, surpreendi você assistindo a uma ópera transmitida ao vivo pela televisão. Você nunca tinha feito isso, não na minha frente. Quando a cantora soltou a voz, vi seus olhos brilharem.

O mais incompreensível é que mesmo aqueles que nem sempre são capazes de respeitar as normas e as regras impostas pelo mundo insistem que elas sejam respeitadas, como você, quando dizia que um homem não devia nunca chorar.

Será que você sofria disso, desse paradoxo? Será que tinha vergonha de chorar, você, que repetia que um homem não devia chorar?

Queria dizer a você: eu também choro. Muito, frequentemente.

2001 — numa noite ainda de inverno, você convidou um monte de gente para comer em casa, muitos amigos, isso não era uma coisa que você fazia muito, e eu tive a ideia de preparar um espetáculo para você e os outros adultos. Chamei as crianças que estavam à mesa, três meninos além de mim, para ir ao meu quarto se arrumar e ensaiar — decidi que imitaríamos o show de um grupo pop chamado Aqua, que não existe mais. Inventei coreografias por mais de uma hora, movimentos, gestos, eu comandava. Escolhi ser a vocalista, os três meninos seriam o coro e os músicos dedilhando guitarras invisíveis. Entrei primeiro na sala de jantar, os outros me seguiram, dei o sinal e começamos o espetáculo, mas você imediatamente olhou para o outro lado. Eu não entendia. Todos os adultos nos olhavam, menos você. Cantei mais alto, dancei com gestos mais exagerados para que você me notasse, mas você não olhava. Eu dizia, Papai, olha, olha, eu fazia de tudo, mas você não olhava.

Quando você dirigia seu carro, eu dizia: Faz como o piloto de Fórmula 1! e você acelerava, chegava a mais de cento e cinquenta quilômetros por hora nas estradinhas do interior. Minha mãe ficava com medo, gritava, chamava-o de louco, e você me olhava no retrovisor, sorrindo.

Você nasceu numa família de seis ou sete filhos. Seu pai trabalhava na fábrica, sua mãe não trabalhava. Eles só conheceram a pobreza. Não tenho quase mais nada a dizer sobre sua infância.

Seu pai foi embora quando você tinha cinco anos. É uma história que conto bastante. Um dia ele saiu para ir trabalhar na fábrica e não voltou à noite. Sua mãe, minha avó, me contava que tinha esperado por ele, de qualquer forma ela não poderia fazer outra coisa, por toda a primeira metade da vida dela, esperar por ele: *Eu tinha preparado o jantar dele, esperamos como sempre, mas ele nunca mais voltou.* Seu pai bebia muito e algumas noites, por causa do álcool, batia na sua mãe. Pegava pratos, pequenos objetos, às vezes até mesmo cadeiras, e jogava na cara dela antes de avançar para acertá-la com socos. Não sei se sua mãe gritava ou se aguentava a dor em silêncio. Você olhava para eles sem poder fazer nada, impotente, preso no seu corpo de criança.

Isso eu também já contei — mas será que não é preciso repetir, quando falo da sua vida, já que de vidas como a sua ninguém quer saber? Será que não é preciso repetir até que nos ouçam? Para forçá-los a nos ouvir? Será que não é preciso gritar?

Não tenho medo de me repetir, porque o que escrevo, o que eu digo, não atende às exigências da literatura, mas às da necessidade e da urgência, às do fogo.

Eu já disse isto: Quando seu pai morreu, você quis comemorar a notícia, o anúncio de sua morte. Você nunca esqueceu o que ele fez à sua mãe. Sua irmã tentou que você se reconciliasse com ele várias vezes, foi pedir que você esquecesse, ela perdoou, mas quando ela chegava você se concentrava no programa que estava vendo na TV e fingia não perceber que ela estava ali. No dia em que você soube da morte do seu pai, toda a família estava na cozinha, você comemorava seus quarenta anos no mesmo dia ou na mesma semana, estávamos ainda assistindo à televisão, e você falou bem alto para que todos ouvissem — quando volto a pensar nisso acho que talvez você tenha falado alto demais, havia algo que não era normal na sua entonação, como se fosse uma frase ensaiada por vários meses, artificial —, você disse: Vou comprar uma bebida para comemorar. Pegou o carro e foi comprar *pastis* na mercearia do bairro. Comemorou a noite toda, riu, cantou.

É estranho, porque, como seu pai era violento, você repetia obsessivamente que nunca seria violento, que nunca bateria em nenhum dos filhos, você dizia: Nunca vou encostar a mão em nenhum filho meu, nunca na minha vida. A violência só leva à violência. Repeti essa frase por muito tempo, que a violência é o que causa violência, me enganei. A violência foi o que nos salvou da violência.

Seu pai não foi o primeiro a ter problemas com álcool. O álcool fazia parte da sua vida antes do seu nascimento, histórias de bebedeiras se repetiam à nossa volta, acidentes de carro, tombos fatais na calçada congelada uma noite voltando de um jantar muito bêbado, violências conjugais ditadas pelo vinho e pelo *pastis*, e outras histórias mais. A bebida ajudava a esquecer. O mundo era o responsável, mas como condenar o mundo, o mundo que impunha às pessoas à nossa volta uma vida que só podiam tentar esquecer — com a bebida, através da bebida.

Era esquecer ou morrer, ou esquecer e morrer.

Esquecer ou morrer, ou esquecer e morrer da vontade de esquecer.

Na noite em que preparei um show de mentirinha para você com as outras crianças, eu fui insistente, não queria parar, queria que você olhasse para mim, o constrangimento foi tomando conta da sala e eu continuava a implorar, Olha, papai, olha.

1998 — é Natal. Recomponho a imagem, tento fazer meu melhor, mas a realidade é como os sonhos, quanto mais tento apreendê-la mais ela me escapa. A família toda está em volta da mesa. Comi demais, você comprou bastante comida para o réveillon. Você sempre tinha esse medo de ser diferente dos outros por causa da falta de dinheiro, e repetia, Não vejo por que seríamos diferentes dos outros, e por essa razão, por isso, queria ter na mesa tudo o que imaginava que os outros tinham e comiam no Natal, foie gras, ostras, troncos de chocolate, o que paradoxalmente significava que quanto mais pobres fôssemos, mais dinheiro gastávamos no Natal, pela aflição de não ser como os outros.

Falo com minha mãe, com meus irmãos e irmãs, mas não com você. Você não fala. Diz que odeia as festas. Quando dezembro começa, você nos diz que não vê a hora de as festas terminarem, passarem logo, ficarem para trás, e acho que você finge odiar a felicidade para se convencer de que, se a sua vida parece uma vida infeliz, foi você quem a escolheu, como se quisesse se convencer de que tinha o controle da sua infelicidade, como se quisesse dar a impressão de que, se a sua vida era muito difícil, foi você quem quis assim, por abominar o prazer, por detestar a alegria.

Acho que você se recusa a aceitar que perdeu.

No Natal, todos os anos, você escondia os presentes no porta-malas do carro. Esperava que eu fosse dormir para ir buscá-los e colocá-los debaixo da árvore de Natal, para que eu os encontrasse de manhã ao acordar.

Naquela noite, porém, por volta da meia-noite, não estávamos dormindo, eu ouvi, e todos os outros também, um estrondo lá fora. Foi como se a explosão tivesse acontecido na cozinha, de tão intensa, imensa, não sei dizer, como se um avião tivesse caído na frente de casa ou no quintal, não encontro uma imagem para descrever isso. Você saiu para ver o que estava acontecendo, eu o segui e vi: seu carro estava lá, mas deformado, reduzido a um pedaço de metal disforme, sem estrutura. Por todo lado, cacos de plástico e pedaços de papel de presente rasgados voando pelos ares, e depois, em destaque, alguns metros adiante, em frente ao carro destruído havia um caminhão enorme que transportava motos arranhado pelo acidente. Quem o dirigia — o responsável por tudo aquilo — tinha parado para contemplar a catástrofe. De longe eu via o ar condensado escapando da boca dele, as nuvens de fumaça encobrindo seu rosto. Ele parecia uma assombração. Quando nos viu, deu partida no caminhão e desapareceu na noite. Você foi atrás dele, não fazia sentido, nunca conseguiria alcançar um caminhão, não havia nenhuma chance, nenhuma, mas você correu e gritava, Vou te matar, canalha filho da puta, gritava Vou te matar — vi você correr atrás dele, seu corpo desaparecer no escuro, se dissolver na penumbra e depois reaparecer e voltar, vencido e sem fôlego.

Eu era muito novo para me lembrar, mas me lembro que, quando vi seu rosto olhando os destroços do carro, chorei pelo que vi em seu rosto e perguntei como você faria agora para ir à fábrica. Deitei no sofá e chorei a noite de Natal inteira. Por que eu chorei? Devo ter chorado porque meus presentes tinham sido destruídos — eu entendia isso, sabia que você os escondia no carro —, com sete anos não devo ter chorado por causa do carro, seria lógico eu pensar nos meus presentes. Será que você já tinha me feito entender que estávamos entre aqueles a quem ninguém ajudaria? Será que já me transmitira o significado do nosso lugar no mundo?

Muitas vezes tenho a impressão de que amo você.

Quando eu fazia perguntas sobre você, minha mãe me dizia que o desaparecimento do seu pai impôs a vocês uma miséria ainda maior. Sua mãe ficou sozinha com seis ou sete filhos, ela não tinha estudado, não conseguia encontrar trabalho. Peter Handke diz: "Nascer mulher nessas condições é por si só mortal". Mas minha mãe também dizia que você ficou bem mais feliz, porque o homem da família desaparecera e, com ele, a violência, o medo das reações dele, de sua loucura masculina.

O que chamamos de História é apenas a história da reprodução das mesmas emoções, das mesmas alegrias nos corpos e no tempo, e minha mãe experimentou a mesma felicidade quando expulsou você. Numa daquelas noites da semana em que você não voltava porque estava na casa do seu irmão ou no bar, enquanto minha mãe o esperava, embalou suas roupas em sacos de lixo e as jogou na calçada, pela janela. Eu era adulto, tinha dezoito anos. Não morava mais com vocês, mas ela me contou. Você tinha saído com seus amigos sem dizer quando iria voltar. Durante anos ela também fez apenas isto, esperar você, como sua mãe tinha feito com seu pai antes de vocês, mas naquela noite ela decidiu pôr um ponto-final nisso. Tinham vivido juntos vinte e cinco anos. Você voltou no meio da noite, mas a porta estava trancada, bateu nas paredes, nas janelas, gritou, ainda não tinha entendido por que suas roupas estavam na calçada em sacos pretos, parecia não entender. Minha mãe gritou por trás da porta para você não voltar nunca mais. Você perguntou: Nunca mais? E ela repetiu: Nunca mais. Estava acabado. Depois que você foi embora, ela nunca mais foi, como ela mesma dizia, *a mesma pessoa*, com quase cinquenta anos foi morar numa cidade grande pela primeira vez na vida, viajou. Descobriu novas paixões e, acima de tudo, novas aversões. Começou a dizer, ela que tinha vivido ali desde que nascera: "Ah, a mentalidade do interior!".

Na noite do show de mentira, comecei a ficar sem ar de verdade, mas não queria parar, nem sei por quanto tempo continuei, eu insistia, Olha, papai, olha. Você acabou se levantando e dizendo, Vou fumar um cigarro lá fora. Eu magoei você.

Você nunca se recuperou da separação de minha mãe. Algo em você foi destruído. Como sempre, foi a separação que o fez entender quanto a amava. Depois do rompimento, ficou mais sensível ao mundo, adoeceu mais vezes, tudo o magoava. Foi como se a dor da separação tivesse aberto uma ferida que, de repente, permitia que tudo à sua volta, o mundo e, portanto, a violência, entrasse em você.
    Quando estava de bom humor, você chamava minha mãe de "Gatinha", "Bichinha", "Mamãe".
    Dava uns tapas na bunda dela na frente dos outros e ela dizia: "Para com isso, é vulgar!". Você ria. Ela ria da sua risada.

Ela reclamava de você dar apenas aspiradores, panelas ou coisas para casa no aniversário dela: "Eu não passo de uma empregada, afinal".

Ela me dizia: "Depois das brigas seu pai sempre promete que vai mudar. Sempre diz que vai mudar, mas não muda nunca. Cão que morde uma vez vai voltar a morder".

Na noite do show de mentira, será que o magoei porque escolhi ser a cantora, a mulher?

Você não estudou. Abandonar a escola o mais rápido possível era uma questão de masculinidade para você, era a regra no mundo em que você vivia: *ser másculo, não se comportar como mulherzinha, não ser viado*. Só existiam as meninas e os outros, aqueles suspeitos de ter uma sexualidade desviante, anormal, que aceitavam se submeter às regras da escola, à disciplina, ao que os professores pediam ou exigiam.

Para você, construir um corpo masculino significava resistir ao sistema escolar, não se submeter às ordens, à Ordem, e até mesmo enfrentar a escola e a autoridade que ela encarnava. Na escola, um dos meus primos tinha dado um tapa num professor na frente da classe inteira. Falava-se dele sempre como um herói. Ser homem — *não se comportar como mulherzinha, não ser viado* — significava sair da escola o mais rápido possível para provar sua força aos outros, o mais rápido possível para mostrar sua insubordinação, portanto, é o que eu deduzo, construir sua masculinidade significava se privar de outra vida, de outro futuro, de outro destino social que os estudos poderiam permitir. A masculinidade o condenou à pobreza, à falta de dinheiro. Ódio da homossexualidade = pobreza.

Gostaria de tentar formular uma coisa: Quando penso nisso hoje, tenho a sensação de que a sua existência foi, apesar de você, e contra você, uma *existência negativa*. Você *não* teve dinheiro, *não* pôde estudar, *não* pôde viajar, *não* pôde realizar seus sonhos. Há na linguagem quase apenas negações para contar sua vida.

No livro *O ser e o nada*, Jean-Paul Sartre se pergunta sobre as relações entre o ser e os atos. Somos definidos pelo que fazemos? Nosso ser é definido pelo que realizamos? A mulher e o homem são o que fazem ou existe uma diferença, uma lacuna entre a verdade do nosso ser e dos nossos atos?

Sua vida prova que não somos o que fazemos; ao contrário, *somos o que não fizemos*, porque o mundo, ou a sociedade, nos impediu. Porque o que Didier Eribon chama de vereditos desabou sobre nós, gay, trans, mulher, preto, pobre, e tornou algumas vidas, algumas experiências, alguns sonhos, inacessíveis.

2004 — na escola, ouço falar pela primeira vez da Guerra Fria, da divisão da Alemanha em duas, de Berlim separada por um muro e, depois, da queda desse muro. O fato de que uma grande cidade tão perto de nós pudesse ser dividida quase da noite para o dia em duas partes por um muro teve em mim o efeito de uma tempestade. Fiquei fascinado, durante o dia todo não ouvi mais o que me diziam, só pensava naquilo, não era capaz de fazer outra coisa, tentava imaginar o muro no meio de uma estrada que um dia antes mulheres e homens podiam atravessar sem nem pensar.

Você já tinha mais de vinte anos quando o muro foi destruído, então o dia todo fiquei imaginando as perguntas que ia lhe fazer: você conhecia pessoas que tinham visto o muro, mulheres ou homens que haviam tocado nele, que tinham participado de sua destruição? Como era aquela Europa dividida em duas, me conta, aquele muro de cimento entre duas Europas?

O ônibus que me levava para casa me deixou na praça da cidade, mas ao contrário do que eu costumava fazer, não voltei o mais devagar possível, me arrastando pela rua, não implorei para que seu carro não estivesse na calçada em frente de casa, corri, corri mais rápido do que nunca, a cabeça cheia de perguntas.

Perguntei a você tudo que enchia minha cabeça e você respondeu vagamente, *Sim, é verdade, tinha um muro. Falavam disso na TV.* Foi tudo o que me disse. Esperei, mas você virou as costas. Insisti, Mas me fala, como era, o que era, como era a aparência, e se a pessoa que a gente amava morasse do outro lado do muro, a gente não podia vê-la nunca mais, nunca mais? Você não tinha nada a dizer. Comecei a perceber que minha insistência o incomodava. Eu tinha doze anos, mas dizia palavras que você não entendia. Ainda assim insisti um pouco mais e você ficou nervoso. Gritou. Disse para eu não fazer mais perguntas, mas você não estava nervoso como costumava ficar, não era um grito normal. Estava com vergonha porque eu o confrontava com a cultura escolar, aquela que o havia excluído, que não quis você. Onde está a história? A história ensinada na escola não era a sua história. Ensinavam a história do mundo e você ficava de fora do mundo.

1999 — conto nos dedos: um, dois, três, quatro, cinco, seis, sete, oito. Estou prestes a fazer oito anos. Você me perguntou o que eu queria ganhar de aniversário e respondi: *Titanic*. O VHS do filme tinha acabado de sair, a propaganda passava várias vezes por dia na televisão, sem parar. Não sei o que me atraía tanto nesse filme, não sabia dizer, o amor, o sonho compartilhado por Leonardo DiCaprio e Kate Winslet de se tornarem outra pessoa, a beleza de Kate Winslet, não sei, mas estava obcecado por esse filme que eu nem tinha visto, e pedi para você. Você me respondeu que era um filme para meninas e que eu não devia querer isso. Ou melhor, contei rápido demais, primeiro você me implorou para que eu pedisse outra coisa, Não prefere um carrinho de controle remoto ou uma fantasia de super-herói, pensa bem, mas eu respondia, Não, não, quero o *Titanic*, e foi depois da minha insistência, depois do seu fracasso, que você mudou de tom. Disse que já que era assim eu não ganharia nada, nenhum presente. Não me lembro se chorei. Os dias passaram. Na manhã do meu aniversário, encontrei no pé da cama uma grande caixa branca, onde estava escrito com letras douradas: *Titanic*. Lá dentro, a fita de vídeo, mas também um álbum de fotos do filme, talvez uma miniatura do navio. Era uma caixa para colecionadores, com certeza muito cara para você, portanto para nós, mas você a tinha comprado e deixado junto da minha cama, embrulhada num papel. Beijei-o no rosto e você não disse nada, me deixou ver o filme umas dez vezes por semana por mais de um ano.

Na noite do show de mentira, será que o magoei porque fiz o papel da mulher e porque você achou que seus amigos o julgariam por isso e o condenariam por ter me criado como menina?

Você tinha medo de ratos e de morcegos. Não sei por que desses animais mais do que dos outros.

Você pegava punhados de queijo gruyère ralado e comia com a boca por cima do pacote aberto. Eu via pedaços de queijo caindo de volta para dentro do pacote, caíam da sua boca para dentro do pacote, e eu brigava com você: "Não quero comer o queijo que saiu da sua boca!".

Você sonhava em trabalhar num necrotério. Dizia: "Pelo menos os mortos não enchem o saco dos outros".

Depois do show de mentira, fui atrás de você lá fora, você fumava compulsivamente, estava sozinho, de camiseta, fazia frio, a rua estava deserta e a ausência de barulhos era quase infinita, eu sentia o silêncio entrando pela boca e pelos ouvidos. Você olhava para o chão. Eu disse: Desculpa, papai. Você me abraçou e disse, Não foi nada, não foi nada. Não se preocupe, não foi nada.

*

Você tentou ser jovem por cinco anos. Quando saiu do ensino médio, poucos dias depois de ter começado, foi contratado na fábrica da cidade, mas também não ficou muito tempo ali, só algumas semanas. Não quis reproduzir a vida do seu pai e do seu avô. Eles começaram a trabalhar logo após a infância, com catorze, quinze anos. Passaram sem transição da infância para o esgotamento, depois veio a preparação para a morte, sem direito aos poucos anos de esquecimento do mundo e da realidade que os outros chamam de juventude — é uma formulação meio besta, *os poucos anos de esquecimento que os outros chamam de juventude*.

Por cinco anos você lutou com todas as forças para ser jovem, foi morar no sul da França, dizendo que ali a vida seria mais bonita, menos pesada por causa do sol, roubou mobiletes, passou noites em claro, bebeu o quanto pôde. Viveu todas as experiências da forma mais intensa e mais violenta possível porque tinha a sensação de estar roubando alguma coisa — é isso, é aí que eu queria chegar: há aqueles a quem a juventude é oferecida e aqueles que só podem se obstinar em roubá-la.

Um dia isso acabou. Acho que foi por causa de dinheiro, mas não só. Você parou com tudo e voltou para a cidadezinha onde tinha nascido, ou para a cidade vizinha, e arranjou um emprego na fábrica na qual toda a sua família havia trabalhado.

Mecanismo clássico: como você ficou com a impressão de não ter vivido sua juventude até o fim, tentou vivê-la a vida toda. É o problema com as coisas roubadas, como você com sua juventude; não conseguimos achar que elas nos pertencem de verdade, e é preciso roubá-las eternamente, é um roubo que não acaba nunca. Você queria apanhá-la, recuperá-la, roubá-la de volta. Só aqueles a quem tudo é dado desde sempre conseguem ter um verdadeiro sentimento de posse; os outros não. A posse não é uma coisa que pode ser adquirida.

Uma dessas tentativas de ainda ser jovem, de finalmente ser jovem, aconteceu quando você estava com seu amigo Anthony. Lembra? Vocês estavam de carro e você viu a polícia atrás de vocês. Tinham bebido bastante, se parassem vocês, apreenderiam sua carteira de motorista e nunca mais a devolveriam. Vocês ficaram com a sensação de estar sendo seguidos, então aceleraram, dirigiram mais rápido, como numa fuga, para não ser pegos, não pararam nos faróis, aceleraram ainda mais, imagino que você estava imitando as perseguições que via toda noite na TV, da polícia atrás de gangues americanas, até nos momentos mais intensos da vida acho que continuamos imitando cenas e papéis que vimos na literatura ou nos filmes, vocês foram até um rio, saíram do carro e pularam na água para que a polícia não os prendesse — não tenho nem certeza de que estavam seguindo vocês de verdade —, nadaram, você que tinha medo de água mais que de qualquer outra coisa, tinha medo até de tomar banho por causa dessa fobia, a água lhe dava muito medo, nadaram na água gelada e saíram do rio algumas centenas de metros à frente. Esperaram bastante tempo, os pés afundados na lama até os tornozelos e o corpo ensopado, aguardando a polícia se afastar, depois voltaram para a casa da minha mãe, as roupas encharcadas de água cheirando a lama e peixe. A água escorria de vocês, dos seus corpos, no chão, as gotas deslizavam no tecido das suas roupas e caíam no chão sem fazer barulho. Você mesmo nunca contava essa história, pois jamais falava, mas quando minha mãe a contava, frequentemente, várias vezes por mês, você sorria e dizia: "É verdade, demos boas risadas". Tinha conseguido recuperar um momento da sua juventude.

Você era fascinado por inovações tecnológicas, como se por meio da novidade que elas representavam quisesse insuflar em sua vida uma renovação a que não tivera direito. Comentava os anúncios dos novos telefones, tablets ou computadores com um misto de inveja e admiração na voz. Não os comprava, custavam muito caro. Contentava-se com as bugigangas que vendedores ambulantes vinham mostrar nas feiras da cidade: um relógio que anda ao contrário, uma máquina para fazer Coca-Cola em casa, um laser que podia projetar a imagem de uma mulher nua numa parede a mais de cem metros. *Há mais objetos do que pessoas em nossas lembranças.*

Você vivia sua juventude por meio da juventude desses objetos.

Outra coisa: em setembro havia carrosséis montados na cidade para as quermesses, barracas de tiro com espingarda, caça-níqueis. Você gastava o orçamento do mês em quatro dias — o dinheiro da comida, das contas, do aluguel. Minha mãe dizia: "Não sou casada com um homem, sou casada com um moleque".

(falo de você no passado porque não o conheço mais. O presente seria uma mentira.)

Uma imagem: É verão, noite em pleno dia, a escuridão cobre a imensidão do mundo, e nos recobre também, você, eu, e o milharal onde estou de pé a seu lado, talvez seja meio-dia, mas parece noite, você me diz: Eclipse solar, você me diz: Não tire os óculos senão a Lua vai queimar seus olhos e nunca mais você vai enxergar nada, você me diz: É a única vez, na próxima vez que uma coisa desse tipo acontecer na Terra estaremos todos mortos, até você, até você estará morto.

(você me deu aquele relógio que andava ao contrário, aquele que comprou na feira. Eu o perdi.)

Outra imagem: Você está dirigindo, estou no banco atrás de você, estamos só nós dois e você diz: Vamos andar sobre as ondas. Não sei o que isso quer dizer, nunca tinha ouvido essa expressão. Você diz de novo: Vamos andar sobre as ondas, e avança em direção ao mar, segue na areia, o mar se aproxima, as ondas vêm em nossa direção, acho que você vai nos matar, que você quer morrer e quer que eu morra com você, grito, Não, papai, não, por favor, fecho os olhos, não quero morrer, você se aproxima ainda mais e na beira da água vira o volante de uma vez, brusca e rapidamente, e segue não mais em direção às ondas, mas paralelamente a elas, duas rodas na areia, as outras duas na água, parte de seu carro imersa cerca de vinte, talvez trinta centímetros. Troco de lugar no banco, olho pela janela do lado da água, e é verdade, só vejo o mar e seu carro andando sobre ele, na superfície. Não há mais nada. Você repete: Está vendo o que eu disse? Estamos andando sobre as ondas.

Esqueci quase tudo que eu disse quando vim vê-lo, **na última vez**, mas me lembro de tudo que eu não disse. De maneira geral, quando penso no passado e na nossa vida comum, lembro primeiro de tudo que eu não disse a você, minhas lembranças são do que não aconteceu.

Depois dos anos lutando pelo direito de ser jovem, a vida conjugal. Tudo estava indo bem.
    Quando minha mãe o conheceu, ela já tinha dois filhos com seu primeiro marido, que

conhecera antes de você. Você imediatamente quis considerá-los seus filhos, dormia com eles quando ficavam com medo à noite, mesmo que já fossem grandes, sugeriu que adotassem seu sobrenome — vontade de parecer um bom pai para os outros ou puro amor, a fronteira entre os dois é sempre muito tênue para poder julgar. Você me deu um tapa quando falei que meu irmão mais velho era apenas meu meio-irmão. Brigou comigo: "Seu irmão. Não existe meio-irmão, não tenho meio-filho".

2006 — estou quase acabando, não tenho muito mais para contar. É uma das últimas cenas, depois virá o esquecimento. A cena acontece no ônibus, num banco de ônibus escolar forrado com uma espécie de carpete desbotado verde e azul. Estou sentado. Um pouco adiante, três ou quatro fileiras à frente, está meu primo Jayson. Ele está rindo. Não rindo normalmente. Ele canta, dá gritos. O motorista pede que ele fique quieto. Jayson não fica. Não entende o que lhe dizem, está tendo uma de suas crises, nasceu com essa deficiência que o faz ter crises várias vezes por mês sem que se possa adivinhar quando elas vão acontecer, e não consegue parar, não ouve mais o mundo à sua volta. O motorista pede pela segunda vez que Jayson fique quieto, ele ri ainda mais alto, de um modo cada vez mais incontrolável, então o motorista dá uma freada brusca, para o ônibus, puxa o freio de mão, se levanta e se aproxima do meu primo para bater nele. Já tinha puxado Jayson pela gola da camiseta, quando entendi o que estava acontecendo, o que ia acontecer, o motorista tinha levantado a outra mão para bater na cara dele, mas nessa hora me aprumei — não sei o que aconteceu, eu parecia outra pessoa, eu não era corajoso — e disse a ele para não bater em alguém com deficiência. Ele interrompeu o gesto, girou o corpo, veio na minha direção, eu não me mexi, e foi em mim que ele deu um tapa.

No fim do dia, quando voltei para casa, contei para você. Você me ouviu, começou a ficar tenso, bufava, e disse que iria me vingar. Pedi que não fizesse isso, tinha medo das consequências da sua vingança, sei como são essas coisas, mas já era tarde demais. No dia seguinte você esperou na praça da cidade, entrou no ônibus quando ele parou, agarrou o motorista pelo pescoço e disse para ele nunca mais encostar a mão em mim. As outras crianças que estavam ali pareciam admirá--lo, até sorriram para mim, sua força se refletia em mim. Mas no dia seguinte aqueles que viram você ameaçar o motorista me disseram que eu não sabia me defender e que precisava do meu pai para me defender. Por vários meses eles riram de mim e, sem me deixar responder, antes que eu pudesse reagir, diziam: "O que você vai fazer? Vai chamar seu pai agora?".

(sendo que o chamei tão poucas vezes)

No trem que se aproximava dessa cidade onde você mora agora, outro dia escrevi: *Os outros, o mundo, a justiça estão sempre nos vingando sem perceber que sua vingança não nos ajuda, mas nos destrói. Pensam que nos salvam com sua vingança, mas nos destroem.*

II

Eu não era inocente. Em 2001, meu irmão mais velho tentou matá-lo, ele, meu pai — foi alguns dias depois dos atentados contra o World Trade Center, por isso eu me lembro da data, ou melhor, por isso eu não posso, eu não consigo esquecer. Vi com meu irmão mais velho as torres gêmeas queimarem, implodirem e depois desabarem, meu irmão esvaziava uma garrafa de uísque na frente da TV para afogar a tristeza, e chorava, chorava, dizendo, eu me lembro, Agora vão nos matar, puta merda, é o que ele dizia, vão matar todo mundo, é o começo da guerra, estou avisando, se prepara, porque, estou falando, estou falando que a gente vai morrer, todo mundo, ele me avisava, A próxima bomba que vão jogar em algum lugar vai ser sobre nós, os franceses, e aí, com certeza, estou falando, vamos todos morrer. Por muito tempo acreditei que meu pai é quem havia dito essas frases, mas agora me lembro que não foi ele, foi meu irmão. Eu tinha nove anos e também chorava, como a criança que chora quando vê sua família chorar, sem entender de verdade, chorando justamente talvez por causa dessa incompreensão, desse vazio, chorando porque já tinha medo da morte e porque eu era pequeno demais para perceber que as palavras do meu irmão eram apenas a expressão de suas pulsões violentas e paranoicas, as palavras de um homem que dali a dois ou três anos eu aprenderia a odiar.

Uma semana depois, prossigo, uma semana depois, sem nenhuma ligação com os atentados, a não ser a proximidade das datas que me permite situar no tempo a tentativa de assassinato, meu irmão mais velho, então, no meio do jantar, pegou meu pai pelo pescoço na frente do resto da família e começou a bater as costas dele contra a parede da cozinha. Ele o estava matando, não era a primeira vez que os dois brigavam. Meu pai gritava, implorava — eu nunca tinha visto meu pai implorar —, e meu irmão gritava, Vou te matar, filho da puta, vou te matar, sempre as mesmas palavras, as mesmas expressões, enquanto minha mãe e Deborah, uma garota que meu irmão tinha acabado de conhecer, tentavam tapar meus olhos. Revejo minha mãe, ela jogava copos no meu irmão para que ele parasse, mas errava o alvo e os copos se estilhaçavam no chão. Também gritava, Ah, que horror, vocês vão acabar se matando, se acalmem, ela gritava, não sei como dizer, urrava, Ele vai matar o pai, vai matar o próprio pai, depois dizia no meu ouvido: Não olha, meu bebê, não olha, Mamãe está aqui, não olha.

Mas eu queria olhar. Porque eu havia provocado essa briga entre meu pai e meu irmão, quis essa briga. Era uma vingança.

A história da minha vingança começa numa manhã, bem cedo. É preciso imaginar a cena: Estou tomando um chocolate quente na cozinha, sentado ao lado da minha mãe e do meu irmão mais velho. Eles acabaram de acordar e fumam vendo televisão. Levantaram-se faz vinte minutos, mas já fumaram três ou quatro cigarros cada um e o cômodo está meio saturado de uma fumaça espessa e opaca. Eu tusso, minha mãe e meu irmão riem na frente da TV, risos cansados, cavernosos, e seguem fumando. Meu pai e minhas irmãs não estão lá.

Aviso minha mãe: preciso encontrar um amigo na cidade para ajudá-lo a consertar a bicicleta dele.

Ela faz que sim com a cabeça sem tirar os olhos da TV. Me visto sem fazer barulho. Saio de casa, ouço sua risada uma vez mais, bato a porta e começo a caminhar no frio, entre os tijolos vermelhos e cinza, sob o cheiro de estrume e neblina, e então, não sei mais o que era, me lembro que tinha esquecido alguma coisa no meu quarto, e então dou meia-volta.

Quando entro em casa, sem bater na porta, distingo ali perto do fogão a lenha aceso as silhuetas da minha mãe e do meu irmão envoltas na fumaça, mais próximas do que antes de eu sair. E acima de tudo, acima de tudo, vejo o que está acontecendo: minha mãe está dando dinheiro ao meu irmão, aproveita a escuridão e a ausência dos outros para dar dinheiro a ele, e eu sei que meu pai tinha proibido minha mãe de fazer isso, tinha mandado ela nunca mais dar dinheiro ao meu irmão, nunca mais, porque sabe que com dinheiro meu irmão vai comprar bebida e droga e que uma vez bêbado e drogado vai pichar os supermercados e os pontos de ônibus ou pôr fogo nas arquibancadas do estádio da cidade. Já tinha feito isso várias vezes, quase fora para a prisão, poderia ter sido preso, meu pai tinha dito para a minha mãe, Que eu nunca mais pegue você dando dinheiro para esse delinquente, então quando minha mãe vê que eu a surpreendi ela se sobressalta. Aproxima-se de mim, está furiosa, diz: Você não vai contar ao seu pai, senão vai acabar mal, depois hesita. Hesita sobre a estratégia a seguir, tenta outra coisa, muda o tom, recomeça com uma voz, como dizer, mais suave, mais suplicante, Seu irmão precisa de dinheiro para comer na escola, mas seu pai não quer entender isso, seja bonzinho com a mamãe, não conte ao papai, você sabe como ele pode ser grosso, seu pai, às vezes, então concordo, não vou dizer nada, juro que não vou dizer nada.

Minha mãe comete o erro fatal quinze dias depois. Ela ainda não sabe que antes do fim do dia irá pagar por isso, que irá sofrer. Naquela manhã, eu estou sozinho com ela. Não conversamos. Eu me preparo para ir à escola e quando abro a porta para sair ela me diz, sem nenhum motivo, entre duas baforadas de cigarro — era uma coisa que me dizia muitas vezes, mas nunca com tanta dureza e de modo tão direto, ainda não —, ela diz: Por que você é assim? Por que se comporta sempre como uma menina? Na cidade todo mundo diz que você é viado, a gente morre de vergonha disso, todo mundo ri de você. Não entendo por que você faz isso.

Não respondo. Saio de casa, fecho a porta sem dizer nada e não sei bem por que não choro, mas depois o dia inteiro fica com o gosto das palavras da minha mãe, o ar fica com o gosto das suas palavras, a comida fica com gosto de cinzas. Durante o dia todo eu não choro.

No fim do dia, voltei para casa depois da escola. Minha mãe estava servindo o jantar e meu pai ligando a televisão.

E então, de repente, no meio do jantar, eu grito. Grito muito rápido e muito alto, fechando os olhos, Mamãe está dando dinheiro para o Vincent, ela continua dando dinheiro para ele, eu vi que ela deu outro dia e ela me pediu para não contar, ela me falou Não conte de jeito nenhum para o seu pai, me pediu para mentir pra você, e, mas meu pai não me deixa terminar a frase, não me deixa chegar ao fim, me interrompe. Vira-se para a minha mãe e pergunta se é verdade, Você está de brincadeira ou essa loucura é o quê, e sobe o tom. Levanta e cerra os punhos, olha em volta, não sabe o que fazer, ainda não, e eu sabia que sua reação seria essa.

Olho para a minha mãe, estou curioso demais, quero que ela sofra por ter me humilhado de manhã,

quero que ela sofra,

e sei que provocar uma briga entre meu irmão e meu pai é o melhor jeito de fazê-la sofrer. Quando meu olhar cruza com o dela, ela me diz: Você é mesmo a porra de um merdinha. Não tenta mentir, parece que vai vomitar de desgosto. Abaixo a cabeça, começo a sentir vergonha do que acabei de fazer, mas naquele momento o prazer da vingança ainda está em primeiro lugar (depois me sobrará apenas vergonha).

Meu pai explode, não consegue parar, fica louco assim quando mentem para ele. Joga seu copo de vinho tinto, que se quebra no chão, grita Sou eu que mando nesta casa, que história é essa de me esconder as coisas, cacete, e grita tão alto que minha mãe fica com medo, até ela fica com medo, apesar de o tempo todo, nos outros dias da sua vida, repetir que nunca vai ter medo de homem, principalmente de homem, que não é como as outras mulheres, ela me pega no colo e esconde minhas irmãs atrás dela, quer que ele se acalme, Vai ficar tudo bem, querido, não vou mais fazer isso, mas ele não se acalma, eu sabia que não ia se acalmar. Ele continua e minha mãe também se irrita, ela grita Mas você está totalmente louco ou o quê, estou avisando que se machucar um dos meus filhos com um caco de vidro eu corto sua garganta, acabo com você, meu pai dá socos na parede e diz Mas o que eu fiz para Deus pra ter uma família como essa, além desse outro aqui

— é de mim que ele fala —

além desse outro aqui, ainda tem um alcoólatra que não sabe fazer nada além de beber, beber,

beber,

olha pra ele,

aponta para o meu irmão,

o perdedor. E é aí, quando a palavra *perdedor* surge, que meu irmão mais velho se levanta e se lança sobre meu pai. Bate nele para que se cale. Joga o corpo do meu pai contra a parede, com toda a sua massa, com todo o seu peso, e depois os gritos de dor, os insultos, os gritos de dor. Meu pai não faz nada, não quer machucar o filho, deixa que ele bata. Eu sentia as lágrimas mornas da minha mãe caindo na minha cabeça, e pensava: Bem feito pra ela, bem feito pra ela — ela continuava tentando tapar meus olhos, mas eu contemplava a cena por entre seus dedos, via as manchas de sangue vermelho-escuro no piso amarelo.

Por pouco não era eu quem ia matar você.

III

Peter Handke diz: "Diante de todos os acontecimentos minha mãe parecia estar ali, boquiaberta". Você não estava ali. Não estava nem mesmo boquiaberto porque perdera o luxo do espanto e do horror, nada mais era inesperado porque você não esperava mais nada, nada mais era violento porque você não chamava a violência de violência, chamava de vida, você não a chamava, ela estava ali, existia.

2004, ou talvez 2005 — tenho doze ou treze anos. Estou andando com minha melhor amiga, Amélie, pelas ruas da cidade e encontramos um celular no chão, no asfalto. Estava jogado ali, Amélie estava andando e tropeçou nele, o telefone deslizou na rua. Ela se abaixou, pegou o aparelho e decidimos guardá-lo para brincar com ele, mandar mensagens para os garotos que Amélie conhecia na internet.

Menos de dois dias depois a polícia ligou para você para dizer que eu tinha roubado um telefone.

Achei a acusação exagerada, não tínhamos roubado, ele estava na rua, no meio-fio, não sabíamos a quem pertencia, mas você pareceu acreditar mais no que a polícia disse do que no que eu disse. Foi me buscar no meu quarto, me deu um tapa, me chamou de ladrão e me levou à delegacia.

Você estava envergonhado. Olhava para mim como se eu o tivesse traído.

No carro você não disse nada, mas quando nos sentamos na frente dos policiais, na sala deles coberta de cartazes incompreensíveis, imediatamente passou a me defender, com uma intensidade que eu nunca conheci nem em sua voz nem em seu olhar.

Disse a eles que eu jamais roubaria um celular, eu havia achado, era só isso. Disse que eu ia ser um professor, um médico importante, um ministro, você ainda não sabia o quê, mas de todo modo eu ia estudar muito e não tinha nada a ver com delinquentes (sic). Disse que sentia orgulho de mim. Que nunca tinha conhecido uma criança tão inteligente como eu. Não sabia que você pensava tudo isso (que você me amava?). Por que nunca me disse?

Vários anos depois, quando fugi da cidade e fui morar em Paris, quando à noite nos bares conhecia homens e eles queriam saber como era minha relação com a família — é uma pergunta bizarra, mas a fazem —, eu sempre respondia que detestava meu pai. Não é verdade. Sabia que amava você, mas sentia a necessidade de dizer aos outros que o detestava. Por quê?

Será que é normal ter vergonha de amar?

Quando você bebia demais, baixava os olhos e dizia que me amava, que não entendia por que no resto do tempo era tão violento. Chorava confessando que não sabia como interpretar essas forças que o atravessavam, que o faziam dizer coisas das quais se arrependia no minuto seguinte. Você era tão vítima da violência que exercia como daquela que sofria.

Você chorou quando as torres gêmeas desabaram.

Antes da minha mãe você amou uma mulher chamada Sylvie. Você mesmo tatuou o nome dela no braço com nanquim. Quando eu perguntava sobre ela, você não queria responder. Um amigo me disse outro dia, quando eu falava de você: "Seu pai não queria falar do passado porque esse passado o lembrava de que ele poderia ter sido uma pessoa que não foi". Talvez ele tenha razão.

Nas vezes em que eu ia de carro com você comprar cigarro, ou qualquer outra coisa, mas acima de tudo e frequentemente cigarro, você punha para tocar um CD pirata da Céline Dion, você tinha escrito *Céline* com caneta azul no disco, punha o CD e cantava com todas as forças. Sabia todas as letras de cor. Eu cantava com você, sei que é uma imagem comum, mas é como se esses momentos fossem os únicos em que você conseguia me dizer coisas que no resto do tempo não dizia.

Você esfregava as mãos antes de começar a comer.

Quando eu comprava balas na padaria da cidade, você pegava uma do pacote com cara de culpado e me dizia: "Não conta pra sua mãe!". De repente, você tinha a mesma idade que eu.

Um dia, você deu meu brinquedo preferido, um jogo de tabuleiro chamado *Docteur Maboul*, para o vizinho. Eu jogava todos os dias, era meu jogo preferido e você o deu sem nenhum motivo. Gritei, implorei. Você sorria e dizia: "É a vida".

Uma noite, no bar da cidade, você falou na frente de todo mundo que preferia ter outro filho, não eu. Por várias semanas fiquei com vontade de morrer.

2000 — lembro do ano porque os enfeites de comemoração do novo milênio ainda estavam em casa, guirlandas, lâmpadas coloridas, desenhos que eu tinha trazido da escola com frases em letras douradas de votos para o novo ano e a nova era que começavam.

Estávamos só você e eu na cozinha. Eu disse: "Olha, papai, sei imitar um extraterrestre!" — e fiz uma careta com os dedos e a língua. Nunca vi você rir tanto. Não conseguia parar, perdia o fôlego, lágrimas de alegria corriam pelo seu rosto vermelho, vermelho. Eu tinha parado de fazer careta, mas você continuava rindo tão alto que comecei a ficar preocupado, porque tive medo da sua risada que não parava, que parecia querer se estender e ressoar até o fim do mundo. Perguntei por que você estava rindo tanto e você respondeu entre duas gargalhadas: "Você é um menino e tanto, não sei como consegui fazer um assim que nem você". Então decidi rir com você, nós dois rimos, segurando a barriga, um do lado do outro, durante muito, muito tempo.

Os problemas começaram na fábrica em que você trabalhava. Contei no meu primeiro romance, *O fim de Eddy*, que numa tarde recebemos um telefonema da fábrica informando que um peso caíra em cima de você. Suas costas haviam sido trituradas, esmagadas, nos falaram que você não poderia mais andar por muitos anos, não andar mais.

Nas primeiras semanas você ficou só na cama, sem se mexer. Não sabia mais falar, só conseguia gritar. Era a dor, ela o fazia acordar à noite e gritar, seu próprio corpo não aguentava mais, todos os movimentos e deslocamentos, por menores que fossem, despertavam seus músculos devastados. Você tomava consciência da existência do seu corpo na dor, por ela.

Depois, a fala voltou. No início, apenas para pedir comida e bebida, e com o tempo você recomeçou a compor frases mais longas, a expressar desejos, vontades, raivas. A fala não substituía a dor. Não devemos nos enganar, é preciso dizer as coisas. A dor nunca sumiu.

O tédio tomou conta da sua vida. Olhando para você, aprendi que o tédio é o que pode acontecer de pior. Até nos campos de concentração era possível se entediar. Estranho pensar isso. Imre Kertész diz isso, Charlotte Delbo diz isso, até nos campos de concentração, até com a fome, a sede, a morte, a agonia pior que a morte, os crematórios, as câmaras de gás, as execuções sumárias, os cachorros sempre a postos para despedaçar seus membros, o frio, o calor, o calor e a poeira que entram na boca, a língua que endurece como um pedaço de cimento dentro da boca privada de água, o cérebro ressecado se retraindo na caixa craniana, o trabalho, mais trabalho, as pulgas, os piolhos, a sarna, a diarreia, mais sede, apesar de tudo isso, e de tudo que eu não disse, ainda havia lugar para o tédio, a espera do acontecimento, aquele que não viria ou que demoraria muito para vir.

Você acordava cedo de manhã e ligava a TV ao mesmo tempo que acendia seu primeiro cigarro. Eu ficava no quarto ao lado, o cheiro do tabaco e o barulho chegavam até mim, como o cheiro e o barulho do seu ser. Pessoas que você chamava de *colegas* vinham beber *pastis* em casa no fim da tarde, você via televisão com eles, ia encontrá-los de vez em quando, porém o mais comum, por causa de suas dores nas costas, por causa de suas costas trituradas pela fábrica, de suas costas trituradas pela vida que você tinha sido obrigado a viver, não pela sua vida, aquela não era a sua vida, você nunca viveu a própria vida, viveu ao lado da sua vida, por causa de tudo isso você ficava em casa, e eles vinham, você não podia mais se mexer, seu corpo doía demais.

Em **março de 2006**, o governo de Jacques Chirac, presidente da França por doze anos, e seu ministro da Saúde, Xavier Bertrand, anunciaram que dezenas de medicamentos, em grande parte medicamentos para distúrbios digestivos, não seriam mais reembolsados pelo Estado. Como desde o acidente você precisava ficar deitado o dia todo e tinha uma má alimentação, os problemas de digestão eram constantes. Comprar medicamentos para controlá-los tornava-se cada vez mais difícil. Jacques Chirac e Xavier Bertrand estavam destruindo seus intestinos.

Por que esses nomes nunca são mencionados numa biografia?

Em **2007**, Nicolas Sarkozy, candidato à eleição presidencial, fez campanha contra aquelas e aqueles a quem chamava de *assistidos*, os quais, segundo ele, roubavam o dinheiro da sociedade francesa por não trabalharem. Ele declarou: "O trabalhador [...] vê o assistido se dar melhor do que ele para fechar as contas do mês sem fazer nada". Ele fazia você entender que, se não trabalhasse, era um peso no mundo, um ladrão, um supranumerário, uma boca inútil, como diria Simone de Beauvoir. Ele não conhecia você. Não tinha o direito de pensar assim, ele não conhecia você. Esse tipo de humilhação vinda dos poderosos fazia suas costas se curvarem ainda mais.

Em 2009, o governo de Nicolas Sarkozy e seu cúmplice Martin Hirsch substituíram o RMI, um rendimento mínimo pago pelo Estado francês aos desempregados, pelo RSA. Você recebia o RMI desde que não pôde mais trabalhar. A mudança do RMI para o RSA visava a "favorecer o retorno ao trabalho", como dizia o governo. A verdade é que dali para a frente o Estado o assediou para que você voltasse ao trabalho, apesar da sua péssima saúde, apesar do que a fábrica tinha feito. Se você não aceitasse o trabalho que lhe ofereciam, ou melhor, que lhe impunham, perderia o direito aos auxílios sociais. Ofereciam a você apenas empregos de meio período exaustivos, braçais, na cidade grande, a quarenta quilômetros de casa. A gasolina para ir e voltar todos os dias lhe custaria trezentos euros por mês. Mas depois de algum tempo, você foi obrigado a aceitar um trabalho de varredor em outra cidade, por setecentos euros por mês, curvado o dia todo recolhendo o lixo dos outros, curvado, enquanto suas costas eram destruídas. Nicolas Sarkozy e Martin Hirsch estavam triturando suas costas.

Você tinha consciência de que, para você, a política era uma questão de vida ou morte.

Um dia, no outono, o bônus de volta às aulas pago todos os anos às famílias como ajuda para a compra de material escolar, cadernos, mochilas, aumentou quase cem euros. Você ficou louco de alegria, gritou na sala: "Vamos para a praia!", e fomos, os seis, no nosso carro de cinco lugares — fui dentro do porta-malas, como um refém nos filmes de espionagem, era desses que eu mais gostava.

O dia todo foi uma festa.

Entre aqueles que têm de tudo, nunca vi uma família ir à praia comemorar uma decisão política, porque a política não os afeta em quase nada.

Percebi, quando fui morar em Paris, longe de você: os poderosos podem reclamar de um governo de esquerda, podem reclamar de um governo de direita, mas um governo nunca lhes causa problemas digestivos, um governo nunca lhes tritura as costas, um governo nunca os arrasta para a praia. A política não muda a vida deles, ou muda muito pouco. Isto também é estranho, eles fazem a política, mas a política não tem quase nenhum efeito em suas vidas. Para os poderosos, na maior parte do tempo a política é uma *questão estética*: uma forma de pensar, uma forma de ver o mundo, de construir sua persona. Para nós, significa viver ou morrer.

Em **agosto de 2016**, sob a presidência de François Hollande, Myriam El Khomri, ministra do Trabalho, apoiada pelo primeiro-ministro, Manuel Valls, aprovou a chamada "Lei do Trabalho". Essa lei facilita demissões e permite que as empresas façam os assalariados trabalhar por semana mais horas do que já trabalham.

A empresa para a qual você varria as ruas podia lhe pedir para varrer ainda mais, para ficar curvado ainda mais tempo por semana. Seu estado de saúde hoje, suas dificuldades de deslocamento, suas dificuldades para respirar, sua incapacidade de viver sem o auxílio de uma máquina vêm em grande parte de uma vida fazendo movimentos automáticos na fábrica, depois se curvando oito horas seguidas todos os dias para varrer as ruas, para varrer o lixo dos outros. Hollande, Valls e El Khomri o asfixiaram.

Por que esses nomes nunca são mencionados?

27 de maio de 2017 — numa cidade da França, dois sindicalistas — ambos de camiseta —, dois homens interpelam no meio da rua o presidente Emmanuel Macron. Estão com raiva, a maneira como falam deixa isso claro. Também parecem estar sofrendo. Emmanuel Macron responde com um tom de desprezo: "Vocês não vão me intimidar com sua camiseta. A melhor forma de comprar um terno é trabalhando". Ele reserva a vergonha, a inutilidade, a inatividade para aqueles que não podem comprar um terno. Atualiza a fronteira, violenta, entre os que usam terno e os que usam camiseta, os dominantes e os dominados, os que têm dinheiro e os que não têm, os que têm tudo e os que não têm nada. Esse tipo de humilhação vinda dos poderosos faz você curvar ainda mais as costas.

Setembro de 2017 — Emmanuel Macron culpa os "inativos", que, na França, segundo ele, impedem as reformas. Você sabe desde sempre que essa palavra é reservada a pessoas como você, àqueles que não puderam ou que não podem mais trabalhar porque vivem muito longe das grandes cidades, que não conseguem trabalho porque foram expulsos muito cedo da escola, sem diploma, àqueles que não podem mais trabalhar porque a vida na fábrica lhes triturou as costas. Nunca se usa "inativo" para caracterizar um patrão que fica o dia todo sentado no escritório dando ordens para os outros. Nunca se diz isso. Quando eu era pequeno, você repetia, obsessivamente, "Não sou um inativo", porque sabia que esse insulto pairava sobre você como uma assombração que você queria exorcizar.

Não existe orgulho sem vergonha: você se orgulhava de não ser um inativo porque tinha vergonha de fazer parte daqueles que podiam ser designados por essa palavra. Para você a palavra "inativo" é uma ameaça, uma humilhação. O tipo de humilhação vinda dos poderosos que o faz curvar ainda mais as costas.

Esses nomes que mencionei há pouco, talvez aqueles que vão me ler ou me ouvir não conheçam, talvez já os tenham esquecido ou nunca os tenham ouvido, mas é justamente por isso que desejo mencioná-los, porque há assassinos que nunca são denunciados pelos assassinatos que cometeram, há assassinos que escapam da vergonha graças ao anonimato ou graças ao esquecimento, tenho medo porque sei que o mundo age nas sombras e na noite. Eu me recuso a deixar que eles sejam esquecidos. Quero que sejam conhecidos hoje e sempre, em toda parte, no Laos, na Sibéria e na China, no Congo, na América, por toda parte pelos mares, no interior de todos os continentes, para além de todas as fronteiras.

Será que tudo sempre acaba sendo esquecido?

Quero que esses nomes se tornem tão inesquecíveis quanto Adolphe Thiers, Ricardo III de Shakespeare ou Jack, o Estripador.

Quero pôr seus nomes na história por vingança.

Agosto de 2017 — o governo de Emmanuel Macron tira cinco euros por mês dos franceses mais necessitados, retém cinco euros por mês dos auxílios sociais que permitem aos mais pobres na França encontrar moradia e pagar aluguel. No mesmo dia, ou quase, não importa, anuncia uma redução de impostos para as pessoas mais ricas da França. Considera que os pobres são ricos demais e que os ricos não são ricos o bastante. O governo Macron determina que cinco euros não é nada. Eles não sabem. Dizem essas frases criminosas porque não sabem. Emmanuel Macron tira a comida da sua boca.

*

Hollande, Valls, El Khomri, Hirsch, Sarkozy, Macron, Bertrand, Chirac. A história do seu sofrimento tem nomes. A história da sua vida é a história dessas pessoas que se sucederam para abatê-lo. A história do seu corpo é a história desses nomes que se sucederam para destruí-lo. A história do seu corpo *acusa* a história política.

*

Você mudou nos últimos anos. Tornou-se outra pessoa. Conversamos muito, nos explicamos, culpei-o pela pessoa que você foi quando eu era criança, sua rigidez, seu silêncio, as cenas que enumerei há pouco, e você me ouviu. E eu ouvi você. Você, que a vida toda repetiu que o problema da França eram os estrangeiros e os homossexuais, agora critica o racismo da França, pede que eu fale sobre o homem que amo. Compra os livros que publico, dá de presente às pessoas que o cercam. Você mudou da noite para o dia, um dos meus amigos diz que são os filhos que transformam os pais, não o contrário.

O que fizeram com seu corpo, no entanto, não lhe dá a oportunidade de desvendar a pessoa que você se tornou.

No mês passado, quando vim vê-lo, antes de eu ir embora você me perguntou: "Você ainda mexe com política?" — a palavra *ainda* se referia ao meu primeiro ano no ensino médio, quando me filiei a um partido de extrema esquerda e brigamos porque você achava que eu poderia ter problemas com a Justiça por participar de manifestações ilegais. Respondi: "Sim, cada vez mais". Você silenciou por três ou quatro segundos, me olhou e disse por fim: "Você tem razão. Você tem razão, acho que uma boa revolução seria necessária".

Agradecimentos

Este livro, assim como é, não existiria sem os textos de Claudia Rankine, Ocean Vuong, Tash Aw e Peter Handke, especialmente *Bem-aventurada infelicidade* e *The Face*.* Não seria possível também sem o cinema de Terrence Malick — não sei dizer quantas vezes assisti a *Amor pleno* (*To the Wonder*) e *A árvore da vida* (*The Tree of Life*) enquanto escrevia, várias dezenas de vezes pelo menos. Este texto também não existiria sem a Casa da Literatura de Oslo e sem a Universidade Yale, a New School e o MIT, onde apresentei os primeiros rascunhos, sem falar no jornal *Morgenbladet*, da Noruega, no *Dagens Nyheter*, da Suécia, no *FAS*, da Alemanha, e no *Freeman's*, dos Estados Unidos, onde publiquei os rascunhos.

---

* *The Face: Strangers on a Pier* (2016), de Tash Aw, ainda não possui tradução para o português. [N.T.]

Devo agradecer também a Stanislas Nordey, que presenciou o nascimento deste texto, sustentou-o com sua energia e foi seu primeiro leitor. E, claro, este livro jamais teria existido sem Didier e sem Geoffroy.

Qui a tué mon père © Édouard Louis, 2018.
Todos os direitos reservados.

Todos os direitos desta edição reservados à Todavia.

Grafia atualizada segundo o Acordo Ortográfico da Língua Portuguesa de 1990, que entrou em vigor no Brasil em 2009.

capa
Luciana Facchini
foto de capa
© Vincent Catala
preparação
Ciça Caropreso
revisão
Erika Nogueira Vieira
Jane Pessoa

5ª reimpressão, 2025

Dados Internacionais de Catalogação na Publicação (CIP)

Louis, Édouard (1992-)
 Quem matou meu pai? / Édouard Louis ; tradução Marília Scalzo. — 1. ed. — São Paulo : Todavia, 2023.

 Título original: Qui a tué mon père?
 ISBN 978-65-5692-463-2

 1. Literatura francesa. 2. Romance. 3. Ficção contemporânea. I. Scalzo, Marília. II. Título.

CDD 843

Índice para catálogo sistemático:
1. Literatura francesa : Romance 843

Bruna Heller — Bibliotecária — CRB 10/2348

todavia
Rua Luís Anhaia, 44
05433.020 São Paulo SP
T. 55 11 3094 0500
www.todavialivros.com.br

fonte
Register*
papel
Pólen bold 90 g/m²
impressão
Geográfica